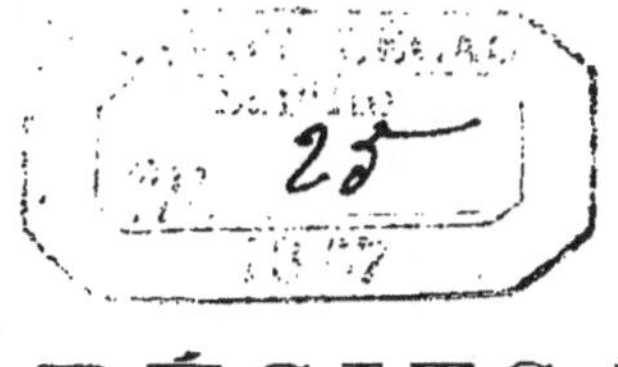

RÉCITS

D'UNE SOEUR

COMPTE RENDU

LE MANS

LEGUICHEUX-GALLIENNE, LIBRAIRE-ÉDITEUR

RUE DE L'ÉTOILE, 15

1867

RÉCITS

D'UNE SŒUR

Sous ce titre, Mme Augustus Craven, née de la Ferronnays, vient de publier l'histoire de sa famille, c'est-à-dire principalement de ses deux sœurs Eugénie et Olga, de son frère Albert et d'Alexandrine, la femme de ce dernier. Au milieu de tout le dévergondage de la majeure partie de la littérature contemporaine, dont les héros sont des forçats ou des adultères, et qui semble se plaire à étaler les turpitudes de notre pauvre humanité, nous sommes heureux de signaler, dans les *Récits d'une Sœur*, un chef-d'œuvre de cette littérature intime et toujours si attachante qui nous fait pénétrer dans l'intérieur d'une famille vraiment noble, et qui déroule devant nous les émouvants tableaux d'un amour humain, mais relevé par l'amour de Dieu, et d'une douleur immense, consolée et transformée par la religion. D'autres (1) pourront, à juste titre, relever dans cette œuvre l'agrément et la variété des récits, le charme des magnifiques descriptions de ces beaux lieux : l'Italie, Rome, Naples, Venise, Odessa, Korsen, Boury, etc., et l'intérêt que lui prêtent les personnages qui y apparaissent successivement : MM. Gerbet, de Montalembert, Rio, de Bussières, les RR. PP. de Ravignan et Lacordaire, cette jeune princesse qui devint ensuite la duchesse de Parme, et tant d'autres nobles personnages de la société habituelle ou de la famille de la Ferronnays. Pour nous, et dans le but spécial que nous nous proposons, nous n'y chercherons que ce qui peut porter à l'amour de Dieu et au détachement du monde ; et nous serons heureux si

(1) Voici comment, dans le *Correspondant*, M. Cochin apprécie cet ouvrage au point de vue littéraire : « Ce livre charme par une qualité que le talent littéraire le plus consommé ne saurait atteindre, par la vérité, par le naturel, par « la supériorité que la chair a sur le marbre, le teint sur la peinture, le son « de la voix sur le caractère imprimé. Chaque mot a été une parole vivante « on croit entendre ces gracieuses sœurs se parler à voix basse, ouvrir devant « nous avec un battement de cœur les lettres des sœurs absentes ; on voit pleu- « rer leurs yeux et s'ouvrir leurs lèvres. Ces pages, après la mort, ont con- « servé quelque chose de moite, de chaud, de coloré, une parcelle de vie. Voici « ce qui ne peut être imité ni surpassé. »

a

nous pouvons faire partager, à ceux qui liront ces quelques lignes, l'impression si douce et si chrétienne que nous avons éprouvée.

L'héroïne de ces *Récits* est Mlle Alexandrine d'Alopeus, d'une très-noble famille russe, mais élevée cependant dans la religion luthérienne. En 1832, se trouvant à Rome avec sa mère, elle fit la connaissance de M. Albert de la Ferronnays, dont le père avait été ambassadeur en Russie, puis à Rome. Elle-même résume, dans une lettre écrite à M. de Montalembert, l'histoire de ses premières années :

« Je sais bien qu'il y a dans notre histoire une foule de détails
« qui prêtent à l'intérêt d'une chronique. Ce commencement à Rome,
« ces premières paroles échangées en sortant de l'église, lorsque
« je lui confiai que je me serais mise à genoux si j'avais été avec ses
« sœurs et qu'il me reprocha mon respect humain ; ce sacrifice qu'il
« fit à Dieu de sa vie et de tout son bonheur, même de l'enthou-
« siasme, pour obtenir ma conversion, ne se réservant que l'amour
« du bien pour être sauvé ;... cette douce vie dans la même maison
« que sa famille ; maman commençant à vouloir lever les obstacles
« qui nous séparaient, et nous le sachant chacun de notre côté, sans
« oser nous le dire, mais du reste sûrs de notre éternel amour, ce
« départ moi pour l'Allemagne, lui pour la France ; puis moi arrêtée
« à Rome, et lui mourant à Civita-Vecchia, et ne sachant s'il vivait,
« ne pouvant aller le soigner, et m'écriant : Ah ! si du moins j'étais
« sa femme ! Dieu et ma mère entendant ce cri. Après sept mois
« d'absence et d'incertitude le revoir à Naples, tous les obstacles
« levés, et moi le trouvant un ange dont j'étais indigne, et l'épou-
« sant avec une tranquillité, et ressentant un bonheur que j'avais
« toujours cru impossible d'éprouver en un pareil jour. Puis les
« quelques jours de paradis terrestre à Castellamare, puis sa santé
« qui recommence à m'inquiéter... Vous savez tout cela et tout ce
« qui suit, mais personne ne comprendra jamais quel extraordi-
« naire mélange de douleur, d'amour et de bonheur il y a eu dans
« toute notre vie... Oh ! Montal, dites-moi que je le reverrai pour
« toujours sans craindre de nous perdre, et en nous aimant autant
« que sur la terre. Pourquoi craindrais-je que l'adoration et la pré-
« sence de Dieu nuisissent à notre amour au ciel, puisque notre amour
« n'a pas nui à celui que nous avions pour Dieu, et qu'il me semble
« que nous nous sommes toujours aimés en sa présence ? »

Quelques personnes seraient peut-être portées à trouver trop de passion dans les récits si vivants de cet amour humain, qui remplissent la majeure partie du premier volume. « J'entends, dit M. Co- « chin (1), quelques voix austères s'effrayer en pensant que ces « pages pourront tomber sous les yeux des jeunes filles... Laissez, « laissez sans crainte vos filles lire ces pages brûlantes, à con- « dition de les tourner et d'aller jusqu'au bout, pour apprendre « la fragilité de nos désirs, la durée de nos peines, le charme « consolateur de nos croyances et la beauté de la sainte alliance « de la tendresse avec la pureté, sous le regard de Dieu. » En effet, même dans la partie la plus mondaine de ces récits, combien cet amour, si pur et si noble en lui-même, n'est-il pas relevé et spiritualisé par l'amour de Dieu ! « Souviens- « toi, mon Dieu, mon Père, et pardonne-moi ma faiblesse, écrit « Alexandrine dans son journal, souviens-toi que nous nous sommes « toujours souvenus de toi, même en oubliant tout le reste ; souviens- « toi qu'il n'y a pas eu même un billet d'amour écrit entre nous, « où ton nom n'ait été nommé, et ta bénédiction appelée ; souviens- « toi que nous avons beaucoup prié ensemble ; souviens-toi que « nous avons toujours voulu que notre amour fût éternel. » Et dans la lettre déjà citée, Alexandrine, supposant qu'un jour on pourrait publier le journal qu'elle trouvait tant de consolation à composer, disait aussi : « Cela sera infiniment doux pour moi, que Dieu a rendue « si heureuse par un amour légitime, de voir enfin ce bonheur célé- « bré et rendu souhaitable, de voir montré comment il n'y a jamais « un aussi délicieux amour que celui qui peut paraître devant « Dieu et devant les hommes ; que jamais deux êtres n'auront « tant de jouissances en s'aimant que lorsqu'ils aimeront Dieu « aussi. »

Ce bonheur humain, qui semblait devoir être si parfait, ne dura que quelques années ; et même encore fut-il interrompu souvent par les plus cruelles inquiétudes sur la santé d'Albert. Deux ans à peine après son mariage, le 29 juin 1836, Alexandrine perdait son mari à Paris. Dans le *Cours d'introduction à l'étude des vérités chrétiennes*, publié dans l'Université catholique (2), M. l'abbé Gerbet, depuis

(1) *Corresp.*, juin 1866, p. 291.
(2) Tome II, p. 9.

évêque de Perpignan, nous a fait de cette mort et de la conversion d'Alexandrine le sublime récit que, malgré sa longueur, nous ne saurions nous résoudre à abréger.

« Je l'ai vue (la mort d'un chrétien) il y a quelques jours, mais dans cent ans je dirais encore qu'il n'y a que quelques jours que je l'ai vue... Sachez donc que de deux âmes qui s'étaient attendues sur la terre, et qui s'y étaient rencontrées, et que Dieu avait unies par le nom d'époux et d'épouse, en ouvrant devant elles une longue perspective de ce qu'on appelle bonheur ; que de ces deux âmes, l'une arrivait, par une volonté pure, à la vraie foi, au moment où l'autre arrivait, par une sainte mort, à la vraie vie ; l'une sortait des ombres de l'erreur, comme l'autre était près de sortir des ombres de la terre ; l'une se disposait à participer, pour la première fois, au plus auguste mystère du Christ, lorsque l'autre allait le recevoir comme une transition dernière à la communion éternelle. Or c'était une chose sainte, consolante, désirée des anges et des hommes, que ces deux âmes pussent accomplir chacune sa communion, ou plutôt cette communion une et double dans le même lieu, à la même heure, à côté l'une de l'autre, comme à la veille d'un voyage qui sépare on prend en commun un dernier repas de famille. Il était juste aussi, pour celui qui allait partir, et qui avait demandé avec tant d'instance la foi pour celle qui restait, il était juste qu'il vît, de ses derniers regards, descendre en elle le Dieu qu'il allait rejoindre, afin qu'il pût dire dans toute l'étendue de son cœur : Maintenant, Seigneur, laissez aller votre serviteur en paix, puisque mes yeux ont vu votre salut, qui n'est ni le mien, ni le sien, mais le nôtre, ô mon Dieu ! »

« Et comme le pauvre malade ne pouvait aller à l'église assister au saint sacrifice, le sacrifice vint à lui ; et par une dispense miséricordieuse, sa chambre, presque funèbre, fut transformée en sanctuaire. En face de ce lit, qui était déjà comme une espèce d'autel, où l'ami mourant du Christ offrait à Dieu sa propre mort, on éleva un crucifix et un autel, où le mystère du Christ mourant allait se renouveler. Elle y suspendit des ornements et des fleurs, car une première communion est toujours une fête. Mais les broderies que sa main attacha au devant de l'autel rappelaient une autre fête ; elles avaient été portées dans une autre cérémonie, dans un autre jour

que le jour de la séparation ; et après avoir été depuis lors mises
à l'écart, elles sortaient de nouveau, elles reparaissaient là comme
pour nous dire que la joie de ce monde n'est qu'un tissu à jour,
bien frêle, et que nos espérances ne sont guère qu'une parure qui
se déchire. »

« Tout à coup cette chambre, sombre jusqu'alors, s'éclaira
de la lumière qui jaillissait des flambeaux de l'autel, comme la mort,
la ténébreuse, s'illumine, pour le juste, des rayons que Dieu tient
en réserve pour ses derniers regards. Le sacrifice commença, et il
était minuit. Pourquoi fut-il célébré à cette heure ? Je vous en dirais
bien une raison que les hommes savent ; mais je crois que les anges
de Dieu en savent d'autres encore, parce qu'ils connaissent toutes
les mystérieuses concordances des moments, des heures et des nom-
bres sacrés. C'était l'heure de la naissance du Christ, consommateur
de notre foi, auteur de notre ciel ; et il y avait là aussi, je vous l'ai
dit, entre ce lit de mort et cet autel, une double naissance, l'une au
ciel, l'autre à la foi : réunion rare et privilégiée. Je crois à ces
harmonies des heures en faveur de certaines âmes ; je crois que le
temps, si fantasque, si souvent rebelle à nos arrangements profanes,
est sous la main de Dieu un rhythme souple et docile, qui obéit,
mieux que nous ne le pensons, aux convenances des élus. Le sacrifice donc commença à minuit. Toute une famille y assistait, et avec
elle un ami fidèle à toutes les douleurs. De vous dire quelles
pensées, quelles émotions passèrent alors dans toutes ces âmes, je
ne l'essayerai pas ; nulle d'entre elles ne sait elle-même tout ce que
Dieu lui a fait sentir. Comme en un jour où le ciel est moitié sombre, moitié serein, un éclair n'en traverse pas moins en un instant
tout l'espace d'un pôle à l'autre, ainsi en était-il du sentiment et de
la prière, au milieu de cette admirable scène. Ces éclairs de l'âme
étaient en quelque sorte présents à la fois sur tous les points
de l'étendue que Dieu a donnée au cœur de l'homme depuis les
pensées les plus douces jusqu'aux plus déchirantes ; car tous les
contrastes étaient réunis dans cette chambre sacrée, ils y étaient
représentés, sensibles, vivants : cet autel paré qui semblait adossé
à un cercueil, ces fleurs qui prédisaient, parmi les glaces de la mort,
l'approche de l'éternel et invisible printemps, cette garde-malade
au sombre habit, qui se tenait comme une mort voilée, en face de

l'aube et de l'étole du prêtre, symbole d'immortalité ; ces vêtements blancs de la première communiante, de l'épouse de Dieu, qui allaient se changer en la robe noire de la veuve de l'homme ; cette première et cette dernière communion mêlées ensemble, ces sanglots et ces actions de grâces qui se confondaient dans chaque âme ; cette hostie, partagée entre l'époux et l'épouse, double viatique pour lui de la mort, pour elle de la douleur ; toute cette famille ensevelie dans un pieux silence, où l'on n'entendait que des larmes qui tombaient sur les livres de prières, et au milieu de ce prosternement général, la tête seule du mourant soulevée sur sa couche, dominant, calme et sereine, toutes ces têtes inclinées par la douleur ! »

« Et si ce divin spectacle, si expressif, si parlant, n'était lui-même qu'un voile qui couvrait d'autres merveilles saintes, si je vous disais que celle qui restait avait demandé la foi au lieu du bonheur, et que celui qui partait avait, jeune et heureux, offert sa vie pour lui obtenir la foi ; si lorsqu'il vit cette grâce descendue enfin du ciel, mais comme une flamme qui venait, en consumant sa vie, accomplir l'holocauste qu'il avait préparé ; si, dis-je, à cette vue, recueillant ses forces défaillantes, il avait tracé en quelques lignes, et sous la forme d'une élévation à Dieu, un des plus sublimes testaments de résignation tendre et d'héroïque amour que l'âme d'un chrétien ait jamais inspiré au cœur d'un époux ; si, portant tour à tour ses pensées vers les anges du ciel, et ses regards sur les êtres chéris qui entouraient son lit de mort, ces deux apparitions se confondaient parfois dans son esprit, de telle sorte qu'il semblait prendre les unes pour les autres, Dieu permettant cette douce méprise pour que la transition de ce monde à l'autre lui fût plus unie et plus simple ; si au moment où il venait de quitter la terre, son image, peinte sous des traits déjà si beaux dans tous les cœurs qui le connaissaient intimement, commença néanmoins à y grandir encore, à s'y transfigurer, parce qu'ils découvrirent tout à coup, dans de modestes papiers qu'il avait cachés, des traces, des reflets de son âme jusqu'alors inconnus, semblables à ces sillons de lumière que laisse après elle une apparition qui s'évanouit ! Non, je ne puis vous dire ce que j'ai vu et senti. J'ai lu autrefois les méditations des sages sur le monde futur, je les ai interrogés sur les secrets de la mort et de la vie ; mais les clartés que j'en ai reçues sont bien ternes près des révélations qui ont éclairé cette sainte et grande nuit ! Jamais je n'ai senti si vivement, en deçà de la tombe, la présence de ce qui est au delà ; jamais le voile qui s'étend entre les deux mondes ne m'a paru si transparent ; jamais je n'ai eu une pareille intuition de notre immortalité ! Je prie Dieu de me réserver ce souvenir pour l'instant de ma mort : car s'il me réapparaît alors, il me semble que mon dernier rêve de la terre ira se joindre, par une gradation presque insensible, à la première vision qui suit le grand réveil ! »

On comprend toute la douleur de cette pauvre veuve de vingt ans, dont toutes les espérances humaines, dont tout le bonheur, étaient si cruellement détruits ! Quel vide affreux au bout de quelques jours, bien plus pénible que les impressions des premiers instants ! « Me dire à mon âge, écrit-elle, que toutes ces douceurs « sont finies, cela m'épouvante !.... Albert était pour moi la lu- « mière qui colorait tout..... Avec lui, les perles, les bijoux, les « jolies chambres, les belles vues m'apparaissaient être tout cela ; « maintenant plus rien ne brille..... Je n'ai soif que de connaître où « il est, de voir s'il est heureux, s'il m'aime encore, et de partager « tout avec lui, comme je le lui ai promis sur cette terre devant « Dieu. » C'est la merveille de la foi chrétienne d'offrir des consolations efficaces dans une pareille détresse de l'âme, et de nous préserver ou d'un sombre désespoir, ou des décevantes illusions de l'évocation des esprits.

La divine Providence avait du reste réservé de douces consolations à Mme Albert de la Ferronnays. Retirée au château de Boury, dans la famille de son mari, elle retrouva dans ses parents, dans des sœurs tendrement dévouées, une affection dont elle avait déjà goûté toute la douceur. M. l'abbé Gerbet, l'ami et pendant longtemps l'hôte de cette noble famille, fut aussi l'instrument dont Dieu se servit pour soutenir, guider et consoler une douleur si profonde. C'est dans cette occasion qu'il composa ce qu'il appelait le *Credo* de la douleur, formé en entier de sentences des divines Ecritures, les plus propres à consoler véritablement. Que peuvent en effet les paroles et les promesses de l'homme comparées aux divines promesses ?

« Je crois, ô mon Dieu, qu'en souffrant avec résignation, j'achève « en moi la passion du Christ. »

« Je crois que toute créature en ce monde est gémissante et
« comme dans les douleurs de l'enfantement.... et qu'elle attend le
« jour de la manifestation du Fils de Dieu. »

« Je crois que nous n'avons point ici-bas de demeure stable, et
« que nous en cherchons une autre dans l'avenir. »

« Je crois que toutes choses coopèrent au bien de ceux qui ai-
« ment Dieu. »

« Je crois que s'ils sèment dans les larmes, ils moissonneront dans
« la joie. »

« Je crois que bienheureux sont ceux qui meurent dans le Sei-
« gneur. »

« Je crois que nos tribulations forment en nous un poids éternel
« de gloire, si nous contemplons non ce qui se voit, mais ce qui ne
« se voit point; car les choses que nous voyons sont passagères;
« celles que nous ne voyons pas sont éternelles. »

« Je crois qu'il faut que notre corps corruptible revête l'incorrup-
« tibilité, que notre corps mortel revête l'immortalité, et que la
« mort soit absorbée dans cette victoire. »

« Je crois que Dieu essuiera toute larme dans les yeux des jus-
« tes, que la mort ne sera plus en eux, ni le deuil, ni les gémisse-
« ments, et que leur douleur s'arrêtera enfin, car tout le premier
« monde aura passé. »

« Je crois que nous verrons Dieu face à face. »

Après même qu'il eut quitté le château de Boury, M. l'abbé Gerbet ne cessa pas de correspondre avec Mᵐᵉ de la Ferronnays. Nous
ne pouvons nous empêcher de citer une lettre qu'il lui écrivait de
Juilly, le 24 juin 1837 :

« Minuit va bientôt sonner, et cette heure commence pour vous,
« ma pauvre enfant, la semaine des douleurs. »

« Je viens d'écrire ces deux lignes, et j'ai interrompu quelques
« instants ma lettre pour une petite chose qu'il faut pourtant que je
« vous dise tout d'abord, parce qu'elle a une signification consolante
« et douce. »

« Pendant que j'écrivais, un papillon de nuit, qui était entré par
« ma fenêtre entr'ouverte, s'est abattu sur les briques de ma cham-
« bre. Il s'était probablement fait mal, et il voltigeait par terre fai-
« sant un grand petit bruit par ses efforts pour se relever. »

« Son bruit m'a fait penser à lui ; moi qui dans ce moment ne
« pensais qu'à vous, je me suis dit que s'il parvenait à voler comme
« de coutume, il viendrait bien vite brûler ses ailes à la lumière et
« mourir, et qu'il valait bien mieux le mettre en liberté, dehors,
« sous les étoiles. Je l'ai poursuivi avec un cornet de papier pour le
« prendre : je l'ai pris, et je l'ai mis en liberté. »

« Pauvre papillon ! nous sommes comme toi ; blessés par la dou-
« leur, nous nous agitons terre à terre, mais en même temps nous
« battons des ailes, des ailes que Dieu nous a faites, l'espérance et
« la prière, et c'est alors que Dieu pense tout particulièrement à
« nous. Quand je te poursuivais tout à l'heure, tu avais bien peur
« de moi, tu croyais que je voulais augmenter ton mal ! Et je ne te
« poursuivais que pour te sauver ! Et c'est comme cela que Dieu
« nous poursuit. Mais quand je t'ai jeté dehors, dans la sombre
« nuit, c'est alors surtout que tu as accusé ma cruauté ! Pauvre igno-
« rant ! Cette grossière lumière que tu regrettais t'eût fait mourir,
« et au lieu de cela tu auras demain un air pur et doux au soleil
« levant. Cette sombre nuit est l'image de la mort ; quand Dieu nous
« y jette, c'est pour nous faire retrouver la liberté, et la vie, et la
« joie, au lever de l'éternelle aurore. Voilà ce que je te dis, petit
« papillon, et voilà ce que vous nous dites, ô mon Dieu ! »

On se tromperait beaucoup en pensant que la douleur de Mme de
la Ferronnays a été une douleur égoïste et jalouse du bonheur des
autres, inutile à soi et à charge à ceux avec qui elle vivait. Les *Récits
d'une sœur* nous montrent au contraire cette veuve chrétienne au
milieu de la vie de famille, parmi de jeunes sœurs et de jeunes frè-
res, souriante, aimable, communiquant sans doute, par sa présence,
à toutes les joies de la maison, cette teinte de mélancolie qui con-
vient d'ailleurs aux joies de la terre, mais sans les gêner, sans les
fuir, sans vouloir y demeurer étrangère. Mme Albert de la Ferronnays était d'ailleurs trop remplie de l'amour de Dieu pour ne pas
chercher, dans la charité à l'égard du prochain, les distractions dont
elle avait besoin. Une nombreuse école pour les jeunes filles, jusque-
là sans instruction, s'organise au château même de Boury. Alexandrine
et ses sœurs se font les maîtresses d'école de ces enfants, sans né-
gliger cependant toutes les autres œuvres de charité. « Tous les
« gens qui meurent, écrit Eugénie, veulent nous voir, tous les ma-

« lades nous demandent, tous ceux qui veulent se convertir vien-
« nent nous trouver, et nous allons chercher ceux qui ne le veulent
« pas. » Et Alexandrine écrit aussi : « Nos occupations font voler
« les jours. Le bien est plus amusant que le contraire, aussi bien
« que plus satisfaisant. On n'a pas un moment d'ennui. Ce qui
« est salutaire, c'est d'être persuadé que la douleur et toutes les
« misères sont le partage de ce monde. Cela donne une grande
« placidité d'être sûre qu'à chaque pas on trouve le malheur,
« et que les éclairs de bonheur qu'on a ne sont que des rafraîchis-
« sements pour donner la force de continuer la route..... Avec la
« religion le triste est consolé et rempli d'espoir, tandis que sans
« elle tout ce qui est gai et heureux est triste quand on l'examine. »

Le plus grand bonheur d'Eugénie et d'Alexandrine était de son-
ger au ciel, en se détachant de plus en plus des choses de la terre.
« Les petits jours de la vie, écrivait Eugénie, passent doucement
« en rêvant ainsi au grand jour éternel. » Leur correspondance est
remplie de cette haute philosophie chrétienne. « Je crois bien,
« écrivait Eugénie, qu'il n'y a de bonheur vrai que pour ceux qui
« ne redoutent pas la mort. » .... Et un peu plus tard : « Tu as
« bien raison de dire que nous semblons tous nous être un peu
« rapprochés du ciel depuis qu'Albert y est.... nous pouvons
« bien répéter cette phrase qu'il a écrite : il s'établit une douce
« communication entre le ciel et nos âmes. Cette communication
« est le plus grand bonheur de la terre. Tu as beau dire, quelque
« heureuse que soit la vie, rien ne vaut la quitter.... Je me suis fi-
« guré le bonheur du ciel, et tous les autres ont pâli devant celui-là,
« et je ne me suis plus senti dans le cœur ni curiosité, ni désir, ni
« besoin du bonheur de la terre. »

Et de son côté Alexandrine écrivait à Eugénie : « Chère sœur, tu
« m'as été une si bonne et si fidèle amie ! J'espère que Dieu, qui
« nous a vues cheminant l'une près de l'autre, nous aura bénies et
« ne nous séparera pas au ciel. Quelle joie ce sera de nous y retrou-
« ver ! Je pense souvent à ce bonheur inouï qu'on aura en revoyant
« toutes les chères figures de la terre ! Oh ! que ce sera un beau et
« bon séjour ! Il faut y reporter vite sa pensée, quand la mort vient
« présenter son triste et laid passage. Elle semble si noire pour ar-
« river à tant de lumière ! »

Ces éclairs de bonheur dont parlait Mme de la Ferronnays ne lui furent pas refusés, et nous ne pouvons nous empêcher d'envier cette vie d'intérieur au château de Boury, si calme et si occupée, si remplie d'une sainte allégresse au milieu d'une douleur toujours présente. Quelle union, quelle étroite affection, quelle simplicité, quelle bonté, quelle gaieté naturelle dans les personnes qui composent la famille de la Ferronnays! Il est impossible de ne pas se sentir rempli de respect et d'attachement en présence de M. et de Mme de la Ferronnays, de Mme Craven, l'auteur de ces *Récits*, et de ses deux sœurs Eugénie et Olga.

La noblesse des sentiments et des caractères de ces personnes est en effet un des plus grands attraits des *Récits*. M. le comte de la Ferronnays avait été longtemps ambassadeur en Russie, et son caractère, sa grâce, sa loyauté avaient triomphé de la hauteur de l'Empereur Nicolas qui le traitait en ami. Il était aussi l'ami du roi de France, qui, en 1828, l'avait appelé au ministère des affaires étrangères, et envoyé ensuite à Rome comme ambassadeur. Il portait dans son cœur, à son front et dans toute sa personne, quelques-unes de ces qualités qui font le vrai gentilhomme français. En 1830, il n'hésita pas à sacrifier à son devoir sa haute position et l'avenir de sa famille. Presque sans fortune, il éprouva souvent dans la suite, comme nous le voyons dans les *Récits*, les privations que cette médiocrité lui imposa, mais sans que son âme laissât échapper une plainte ou un regret.

Mme de la Ferronnays était la nièce de la duchesse de Tourzel, gouvernante des enfants de France, et la compagne de Louis XVI au funeste voyage de Varennes ; elle était aussi la sœur de Mme de Blacas, dont le mari fut le fidèle compagnon d'exil de Charles X. Formée pendant l'émigration à la rude école du malheur, elle avait su par une éducation forte préparer ses enfants au travail et au sacrifice. Ses filles avaient en leur mère la plus grande confiance et se faisaient un bonheur de lui confier leurs plus secrètes pensées. Aussi Eugénie écrivait-elle à Olga, sa plus jeune sœur, au moment où cette dernière faisait son entrée dans le monde: « Quels que soient tes « pensées, tes sentiments, tes rêves, confie-les toujours, ne les « concentre jamais, car le diable profite bien de ces mauvaises re- « traites intérieures. Quand on a une mère comme la nôtre, et une

« sœur comme notre Pauline, auxquelles on peut tout dire, et qui
« ne raisonnent avec vous qu'en compatissant à ce que vous expri-
« mez, ne serait-ce pas un péché que de refuser un pareil secours ?»
Quelle juste idée cette excellente mère avait de la dévotion par rap-
port aux obligations du monde ! « Elle trouvait, dit Mme Craven, que
« sous aucun prétexte même le plus saint, il ne fallait se laisser
« absorber au détriment de la condescendance pour autrui, qui est
« une des formes de la charité. Elle écrivait à ce sujet : Je l'ai tou-
« jours vue (la perfection) se faisant toute à tous, aimant mieux re-
« noncer à une dévotion d'attrait que d'attrister ou de contrarier les
« autres, en se montrant à une si grande distance d'eux ; et enfin ne
« perdant jamais de vue le but de faire trouver aimable et facile
« cet amour de Dieu qui inspire toujours la condescendance pour
« les autres, dont j'aime la pratique. — Et elle ajoutait un peu
« plus tard : En vérité, quant à moi, je trouve que ces petites re-
« cherches qui ont pour but de servir Dieu sans choquer ou affli-
« ger personne, sont un bonheur de plus. »

Eugénie était tombée en effet dans l'excès que signalait sa mère.
« Prier Dieu et l'aimer, soigner les pauvres et se dévouer à Alexan-
« drine, c'était là tout, absolument tout, et elle ne dissimulait pas
« qu'en dehors de cela, les exigences du monde et celles des mon-
« dains ne lui semblaient dignes d'aucune sorte de considération. »
Mais elle reconnut bien vite sa faute, et elle se corrigea de cet
excès de vertu.

Elle consentit même à rouvrir son cœur aux joies du monde, et
elle épousa M. de Mun, se dévouant pour consoler la vieillesse
de son beau-père et de sa belle-mère, au comble de l'affliction par
suite de la mort d'une fille tendrement aimée. Mais ses nouveaux
devoirs et ses nouvelles affections ne changèrent rien à son dévoue-
ment pour Alexandrine.

La dernière partie des *Récits d'une sœur* nous met constamment en face de la mort. M. Cochin (1) écrit à ce sujet : « Comment
« remplacer, par des paroles arrangées, ces mots écrits au moment
« même de l'émotion et tout palpitants ?.... Je ne puis accepter
« cette tâche ingrate et je renvoie aux pages de Mme Craven.

(1) *Correspondant*, juin 1866.

« Peut-être voudra-t-on les fuir, en les supposant trop tristes. On se
« tromperait beaucoup. La mort des chrétiens est belle comme leur
« vie privée.... Touchée par la foi, la mort n'est plus une porte qui
« se ferme sur la lumière de nos regards, elle est une porte qui
« s'ouvre vers des clartés plus vives. Telle parut la mort à ce noble
« vieillard dont les dernières prières servirent à convertir un
« jeune juif (1), et telle aussi à cette charmante, ardente, ai-
« mable et poétique épouse (2), puis à cette jeune sœur (3) qui
« passa dans la vie comme une apparition céleste, si naïve lors-
« qu'elle écrivait : J'aimerais mieux être bonne et laide que jolie et
« méchante, mais j'aimerais mieux être bonne et jolie ; et si forte,
« lorsqu'elle expirait, croisant les bras sur la poitrine et murmu-
« rant : Je crois, j'aime, j'espère, je me repens. »

Alexandrine, qui semblait placée désormais elle-même au-dessus
de la douleur, servit à consoler ces douleurs incessantes. « Un jour,
« dit Mme Craven (c'était celui où Olga avait reçu l'Extrême-Onction),
« malgré la paix céleste qui avait présidé à cette scène touchante,
« une fois sorties de la chambre, Alexandrine me vit suffoquée de
« larmes. Elle me laissa pleurer, me regardant longtemps sans rien
« dire. Oh ! quelle expression je vis alors dans son regard ! C'était
« plus que du courage, plus que de la sérénité, c'était presque de
« la joie. Enfin elle me dit : « Tu pleures parce que notre Olga va
« aller au ciel ; et maintenant qu'elle est presque hors de ce
« monde, tu voudrais l'y rappeler. Dis-moi donc quel bonheur
« tu as à lui assurer sur terre ?.... L'accent qu'elle y mit et l'im-
« pression qu'ils me firent les gravèrent pour toujours dans mon
« souvenir. »

Mme Craven ajoute en parlant de la transformation qui se fit re-
marquer dans la douleur de Mme Albert de la Ferronnays ; « Elle
« continua à penser constamment à Albert et à l'aimer du même

(1) C'est au moment où l'on préparait à Rome la sépulture de M. de la Ferronnays, que le P. Marie de Ratisbonne entra dans l'église Saint-André della Valle ;
la sainte Vierge lui apparut dans la chapelle où repose le corps de M. de la Ferronnays ; et en sortant converti, il disait : Oh ! que ce monsieur a dû prier pour
moi !

(2) Eugénie, Mme de Mun.

(3) Olga.

« amour ; mais en un sens elle cessa de le pleurer. » Voici le récit
de la dernière conversation qu'elles eurent ensemble sur la terre, en
revenant de visiter la tombe d'Albert : « En sortant d'un champ de
« blé et en arrivant sur la route qui mène au château, je me retour-
« nai, et regardant le ciel du côté où le soleil se couchait, dans une
« lueur si belle que ce site en était embelli, je dis : J'aime le soleil
« couchant. — Pas moi, dit Alexandrine ; depuis mes malheurs
« (expression très-rare dans sa bouche, et dont je me souviens à
« cause de cela), depuis mes malheurs le coucher du soleil me fait un
« effet triste ; il amène la nuit, et je n'aime pas la nuit ; j'aime le
« matin, j'aime le printemps ; ce sont des choses qui me représen-
« tent la réalité de la vie éternelle. La nuit me représente les ténè-
« bres et le péché ; le soir me fait penser que tout finit, et tout cela
« est triste ; mais le matin et le printemps rappellent que tout se re-
« veille et renaît. C'est cela que j'aime. »

« Nous continuâmes ainsi notre chemin, et lorsque nous venions
« de passer la grille, elle me dit ces mots en poursuivant un autre
« discours que nous avions entamé : « Tiens, jette-toi donc dans la
« pensée que tout ce qui nous plaît tant sur la terre n'est absolu-
« ment qu'une ombre, et que la vérité de tout cela est au ciel. Et
« aimer, aimer, après tout, n'est-ce pas sur la terre ce qu'il y a de
« plus doux ? Je te demande s'il n'est pas facile de concevoir que
« l'amour même doit être la perfection de cette douceur, et aimer
« Jésus-Christ ce n'est pas autre chose, pourvu que nous sachions
« l'aimer absolument comme on aime sur terre. Je ne me serais ja-
« mais consolée, si je n'avais appris que cet amour-là existe pour
« Dieu, et celui-là dure toujours. »

« Je lui avais dit : Tu es bien heureuse d'aimer Dieu comme cela.
« Elle me répondit : Oh ! Pauline, comment veux-tu que je n'aime
« pas Dieu ? comment veux-tu que je ne sois pas transportée quand
« je pense à lui ? comment veux-tu que j'aie à cela du mérite, même
« celui de la foi, quand je pense au miracle qu'il a fait dans mon
« âme, quand je sens qu'après avoir tant aimé et désiré le bonheur
« de la terre, l'avoir eu, l'avoir perdu et avoir été au comble du
« désespoir, j'ai aujourd'hui l'âme si transformée et si remplie de
« bonheur, que tout celui que j'ai connu ou imaginé n'est rien, rien
« du tout en comparaison !... »

« Surprise de l'entendre parler ainsi, je lui dis : Mais si on remet-
« tait là devant toi la vie telle que tu l'avais rêvée avec Albert, et
« qu'on te la promît pour de longues années? »

« Elle répondit sans hésiter : Je ne la reprendrais pas! »

Ce fut là, ajoute Mme Craven, notre dernière conversation en ce
monde.

Quand l'amour de Dieu s'est emparé d'une âme, aucun sacrifice
ne paraît pénible; et comme dit saint François de Sales, en parlant
de l'amour divin : « Quand le feu est à la maison, on jette tout par
les fenêtres. » Nous l'avons vu, Mme Albert de la Ferronnays était
remplie de charité pour le prochain, et elle ne se plaisait dans un
lieu qu'autant qu'elle pouvait s'y livrer facilement au soin des
pauvres. Dans cette dernière partie de sa vie elle ne se contente
plus de distribuer des aumônes, elle se dépense elle-même, pour
ainsi dire. Elle retranche tout le superflu dans son mobilier,
ses vêtements et sa nourriture, superflu qui par suite de longues
habitudes devient souvent pour nous une nécessité : elle se fait
pauvre pour l'amour de Notre-Seigneur, de telle sorte qu'une
personne voyant dans une église cette veuve si pieuse, mais
qui paraît souffrante et manquer du nécessaire, lui fait offrir les
soulagements dont elle a besoin. Elle parcourt à pied les rues de
Paris, visitant les pauvres et leur distribuant les plus abondantes
aumônes.

« Il est certain, dit Mme Craven, qu'il lui fut accordé de sentir le
« bonheur et l'honneur de secourir les pauvres, au point d'y trou-
« ver une joie véritable et sensible... Je me souviens d'une impres-
« sion très-vive de ce genre qu'elle me communiqua un jour en
« sortant d'un galetas où elle allait souvent visiter un pauvre ménage
« qui, au milieu de toutes les misères, offrait le plus rare exemple
« de résignation et de pieux courage. Le mari était un jeune peintre
« qui, étant occupé à travailler sur un échafaudage, en était tombé
« d'une grande hauteur, et de cette chute il était demeuré estropié
« et infirme pour la vie. A côté de lui sa femme se mourait de la
« poitrine, et leur unique enfant, âgé de dix ou douze ans, loin de
« pouvoir leur être utile, était lui-même, non-seulement malade,
« mais fou ! Cette malheureuse famille était souvent visitée et se-
« courue par le P. Lacordaire; et il en avait parlé à Alexandrine,

« qui depuis ce temps s'en occupait avec un intérêt spécial ; elle
« allait souvent leur porter des secours ; mais elle disait qu'elle y
« allait surtout pour recevoir une leçon et apprendre à ne jamais se
« plaindre. »

« Un jour, elle sortait de cette misérable demeure, lorsqu'au haut du
« palier elle entendit tout à coup de la musique. C'était tout simple-
« ment celle d'un régiment qui passait dans la rue ; mais cette mu-
« sique semblait répondre à une allégresse intérieure, et elle fut
« saisie d'une joie telle, qu'il lui sembla, me dit-elle, n'en avoir
« jamais éprouvé de cette sorte dans les temps les plus heureux de
« sa vie. »

Rien de ce qui intéressait l'honneur de Dieu et de la sainte Eglise
ne lui était étranger ; et on le comprendra sans peine si l'on se rap-
pelle les relations qu'elle avait avec M. de Montalembert et tant
d'autres illustres champions de la cause catholique. En 1847, au
moment où l'on attaquait le plus vivement la Compagnie de Jésus,
elle écrivait : « Eh ! oui, je l'aime, et je m'en fais gloire ; je l'aime
« et sans esprit de parti, car je veux voir et rendre justice à tout ce
« qui est beau et bon partout... Je l'aime : pourquoi ? parce que le
« plus obscur, le plus étroit des Jésuites me ferait mieux aimer
« Jésus-Christ que Gioberti avec toute sa philosophie ; et tu sais
« pourtant que j'aime la philosophie, et que je sais qu'elle est
« l'instrument nécessaire à plusieurs âmes. »

« Tu m'as dit que la grande base de tant d'amertumes, c'est que
« les Jésuites empêchent les idées libérales de se répandre. Oh !
« voilà de quoi me faire écrier : Seigneur Jésus, avez-vous dit :
« Soyez libéral ; ou bien avez-vous dit : Soyez parfait ? Et ne va pas
« conclure par là que je n'aime pas la vraie liberté : je l'aime quand
« elle est vraie, mais pas autant que la perfection (1). »

(1) Mme Albert de la Ferronnays avait en dernier lieu pour directeur le R. P.
de Ravignan, et c'est sous sa conduite qu'elle s'éleva à cette perfection du détachement de toutes les choses du monde dont nous avons parlé. Voici le portrait
que fait Mme Craven du R. P. de Ravignan : « Nous l'avons vu au milieu de nous,
« et je ne crains pas que ce mot semble exagéré à ceux qui ont gardé dans
« leur mémoire et dans leur âme l'ineffaçable empreinte du regard, de la voix,
« de l'accent, de l'influence du P. de Ravignan. Il était assurément un grand et
« entraînant orateur, mais ce n'était point par son éloquence que les âmes étaient
« touchées. Il y a telle parole simple et mille fois répétée sans produire d'effet

Alexandrine s'était retirée à la communauté de l'Abbaye-aux-Bois. Elle ne tarda pas à y tomber malade, et, après quelques jours de maladie, elle y mourut le 9 février 1848. Voici en quels termes Mme de la Ferronnays raconte les derniers instants de cette sainte veuve : « Elle ne pensait plus qu'au désir de mourir, et elle en avait « pour ainsi dire la passion... Quand on lui répondait que cela « pouvait se prolonger de quelques jours encore, elle disait avec « regret : Ce ne sera pas encore aujourd'hui que je verrai Dieu ! « Une fois elle dit : Qu'on dise à Pauline que c'est si doux de mou- « rir. Puis une autre fois, s'adressant à moi : Et vous, ma mère, n'êtes- « vous pas bien pressée aussi de voir Dieu ? Et moi, lâche que je suis, « je fus saisie de frayeur, pensant qu'elle allait peut-être m'attirer à « sa suite, comme elle avait voulu m'attirer au catéchuménat, puis « à faire comme elle ses retraites, puis à venir avec elle ici... Je lui « répondis que j'étais trop peu courageuse pour appeler ainsi la « mort, que je me bornerais à me remettre entre les mains de Dieu « pour tout ce qu'il lui plairait d'ordonner de moi. »

Quelques mois après, cette excellente dame de la Ferronnays rejoignait les membres si chers de sa famille qui l'avaient précédée dans la patrie céleste ; et comme eux elle montrait « que le bonheur d'être « catholique n'est jamais plus saisissant et plus intime que dans ces « moments où l'on voit l'âme chrétienne, sortant de ce monde, con- « firmer par un dernier effort de vertu, de résignation et d'humi- « lité, les sublimes vérités qu'elle a professées pendant sa vie mor- « telle (1). »

« qui, dite par lui, semblait être entendue pour la première fois. Celle-ci par « exemple : La vie n'est rien ! Je lui entendis dire ces mots un jour, non pas en « chaire, mais assis près d'une table, dans une modeste réunion de charité ; et « le regard, l'expression, l'accent qui les accompagnèrent en firent la plus élo- « quente prédication sur la vanité et la misère de ce monde, qui ait été jamais « entendue. »

(1) M. de Montalembert, lettre à M. Craven.

Le Mans. — Typ. Ed. Monnoyer. — Févr. 1867.